MANUALE DI ANTICHITÀ ROMANE

GEROLAMO BOCCARDO

PREFAZIONE.

Eccellente consiglio fu quello di chi, coordinando gli studi ginnasiali, premetteva allo insegnamento della Storia Antica, Greca e Romana, da farsi negli anni IV e V, quello delle Antichità Romane e Greche per le classi II e III, quasi preambolo e preparamento alla narrazione dei fasti delle vetuste e classiche civiltà.

Se i Programmi pubblicati col R. Decreto del 14 novembre 1860 sono, in generale, commendevoli per chiarezza ed ordine e per ottima concatenazione delle singole materie, degna di peculiare encomio ci sembra appunto quella parte di essi che concerne le elementari nozioni di antichità.

Il volumetto che pubblichiamo abbraccia le più essenziali notizie sulle instituzioni e costumanze relative più specialmente alla vita privata dei Romani; riserbandoci in altro, che vedrà quanto prima la luce, ad esporre quelle che alla loro vita pubblica s'attengono, non che un breve compendio delle Antichità Greche.

In questo, come negli altri scolastici nostri Manuali, fu nostro studio di dare nozioni esatte, precise, brevi, lasciando ai Professori la cura di aggiungere gli schiarimenti e le spiegazioni orali che quelle comportano.

Offrendo questi libretti ai Maestri ed agli Scolari, abbiamo speranza di non aver fatto opera inutile al pubblico insegnamento, cui da molti anni consacriamo le nostre cure più solerti ed assidue.

Genova, febbraio 1861.

Gerolamo Boccardo.

1. Gente (da genus, gens) chiamavasi il complesso di più famiglie aventi uno stipite comune. Così a cagion d'esempio, la gente Cornelia comprendeva le famiglie dei Maluginesi, dei Scipioni, dei Lentuli, dei Dolabella, dei Rufini, la gente Licinia abbracciava le famiglie dei Crassi, dei Lucilli, dei Murena ecc.

Avveniva talvolta che in una medesima Gente fossero parecchie famiglie patrizie, ed altre invece plebee. Può citarsi la gente Tullia, della quale facevano parte i Longi, ottimati, ed i Ciceroni, popolani; la gente Claudia, in cui eran le patrizie famiglie dei Pulchri e dei Neroni, e la plebea dei Marcelli. – Della qual mistura varie eran le cagioni: talvolta un fazioso patrizio, per piaggiare la plebe ed ottenere i tribunizi onori facendosene arma contro i suoi nemici, rinunziava al suo grado per sè e pei suoi, come fece P. Clodio. La gente Ottavia dopo essere per tal modo appunto passata tra' plebei, tornò, dopo lungo intervallo, al patriziato, per opera di Giulio Cesare. In altri casi avveniva che un qualche illustre patrizio conferisse la cittadinanza a liberti o ad estranei, sia per meriti insigni da essi acquistati, sia per brama del benefattore di farsi numerosi aderenti; i beneficati di tal modo assumevano il nome del donatore, pur rimanendo plebei.

2. Tre sorta di nomi erano usitati in Roma: il Prenome, il Nome propriamente detto, ed il Cognome, cui talvolta aggiugnevansi uno o più Agnomi.

Il Prenome indicava l'individuo; il Nome, la gente; il Cognome, la famiglia. L'Agnome era quella parte del proprio antico nome che l'adottato riteneva quando l'adottante, ammettendolo nella sua famiglia, gli facea cambiare la rimanente parte del suo casato. Così per esempio, Publio Cornelio Scipione, adottato da Quinto Cecilio Metello, assunse il nome di Q. Cecilio Metello Scipione.

3. Oltre a questa specie di Agnomi propriamente detti, altri se ne adopravano, che possono meglio chiamarsi Soprannomi, i quali derivavansi da alcuna grande azione o da altro specifico e distintivo carattere di chi li portava. Così il grande vincitore di Cartagine fu detto P. Cornelio Scipione Africano; nella quale appellazione, P. (ossia Publio) era il prenome; Cornelio, il nome; Scipione, il cognome; ed Africano il soprannome desunto dalla vittoria riportata sull'Africa. Quinto Fabio Massimo tre soprannomi aveva: Ovicula dalla singolare mansuetudine de' costumi che lo fece fin da bambino paragonare ad un agnello: Verrucosus, da un porro che aveva sul labbro superiore; e Cunctator, dal cunctare o temporeggiare che usò per istancare l'impeto d'Annibale.

4. Il salutare un uomo col solo prenome era tenuto a segno di onoranza, e ciò forse perchè gli schiavi non avevano cotal primo distintivo personale, ed anche perchè, ciò facendo, si mostrava essere il salutato così glorioso individuo che bastasse il solo prenome a distinguerlo da chiunque altri un eguale ne portasse.

A tutti gli anzidetti nomi aggiungevasi talora anche quello della Tribù.

5. Nello scrivere i prenomi, usavansi varie abbreviazioni, sia adoprando la sola lettera iniziale, come A. per Aulo, C. per Caio; sia ponendo due lettere, come Ap. per Appio,

Ti. per Tiberio; sia infine tre lettere come Mam. per Mamerco, Ser. per Servio, Sex. per Sesto.

6. L'origine dei prenomi fu probabilmente arbitraria. Non così quella della più parte dei cognomi, che derivarono il più delle volte da qualche singolare circostanza notata nel primo cui furono attribuiti, od anche in tutta la sua stirpe. Così dalla sapienza si trasse il cognome di Catone (Cato, infatti, anticamente valeva sapiente); dalle virtù, dai costumi si dedussero i cognomi di Frugi, Gurges, Nepos, Pius; dall'arte esercitata, derivò Pictor; da particolarità del corpo, Calvus, Crassus, Macer; dalla professione, Augurinus, Flaminius, Sacerdos; dall'agricoltura, Lentuli, Pisones, Cicerones ecc.

7. Alle origini anche le donne portavano, sembra, un prenome; ma in appresso, venne costume di dar loro il solo nome gentile. Talchè se in una casa, era una sola figlia, nomavasi Cornelia, Tullia ecc.; se due, distinguevansi dicendo l'una Cornelia Major, l'altra Cornelia Minor; se parecchie, dando all'una l'addiettivo ordinale Prima, alle altre quelli di Seconda, Tertia ecc.

I nomi s'imponevano ai fanciulli nel giorno lustrale (in die lustrico), ch'era pei maschi il nono dalla nascita, per le femmine l'ottavo. I prenomi non si davano ai giovinetti se non se quando indossavano la toga virile, alle ragazze (quando l'ebbero) se non il dì del matrimonio.

8. Gli schiavi portavano il prenome del padrone leggermente inflesso: Lucipores, Marcipores, cioè servi di Lucio, di Marcio, prendendo forse la desinenza pores da pueri, figli, che significava anche schiavi.

A questa antica costumanza si aggiunse in seguito quella di derivare il nome dei servi da quello del paese di cui erano oriundi; Syrus, Geta, Dardanus ecc.

Gli schiavi liberati assumevano i nomi e prenomi del pristino padrone: così Tirone, dal grande oratore fatto liberto, fu detto M. Tullio Tirone.

CAPO SECONDO
LA PATRIA POTESTÀ – STATO E DOVERI DEI FIGLI – ADOZIONE –
ARROGAZIONE – EMANCIPAZIONE – SCHIAVI.

9. Patria potestà è il diritto del padre sui figli; ed era sì estesa presso i Romani, e tanto era il rispetto di cui la volevano circondata, che Livio ben la nomò Patria Maestà!

a) Il padre aveva sui figli jus vitæ et necis; talchè se nel loro sangue si bagnasse le mani, non era passibile nè delle pene portate dalla Legge Pompeia contro i parricidi, nè di quelle che la Legge Cornelia pronunciava contro gli omicidi. – Vero è che, in processo di tempo, questa eccessiva autorità, utile forse nella prima età di Roma, quando il maggior bisogno che avesse lo Stato era di una forte ed austera organizzazione, fu diminuita e ristretta in certi determinati casi.

b) Una legge di Romolo dava al padre il diritto ter vendendi filium. Nel che maggiore era il diritto del genitore sui figli, che del padrone sui servi. Lo schiavo, infatti, una volta venduto, se dal novello padrone liberato, apparteneva a se stesso; il figlio invece doveva tre fiate vendersi ed altrettante dimettersi colla cerimonia della manumissione di cui parleremo in appresso, pria di uscire dalla patria potestà.

Numa Pompilio apportò una prima restrizione a questa paterna facoltà, ordinando: Si pater permiserit filio uxorem ducere, quæ ex legibus particeps sit sacrorum et bonorum, patri post hac nullum jus esto vendendi filium. Il diritto Costantinianeo permise di vendere filios sanguinolentos, cioè appena nati, in estrema necessità di fame. Le Pandette finalmente proibirono assolutamente di mettere i figli in vendita od in pegno.

c) Una terza conseguenza della patria potestà era che tutto ciò che dal proprio lavoro o da altra fonte i figli lucravano, tosto apparteneva al padre. – I beni dei figli per tal modo acquistati dicevansi Peculium. Ma in appresso, si distinsero quattro sorta di peculii: il Prefettizio, che per opera del padre, o d'altrui per causa ed in considerazione del padre, al figlio profittava, e questo di pien diritto acquistavasi dal padre; l'Avventizio che veniva da altri, e per altro titolo, come dalla madre, da amici ecc., e questo restava in proprietà del figlio, avendone il genitore l'usufrutto; il Castrense, che in occasione della milizia il figlio si era guadagnato, e questo gli apparteneva in proprio; e finalmente, il Quasi-Castrense, che, nell'esercizio della milizia togata, cioè nella professione del foro, il figlio aveva lucrato, e questo era assimilato al peculio castrense.

d) Il padre poteva diseredare il figlio, senza addurne causa alcuna. La legge delle XII. tavole diceva: Pater familias uti legassit, ita jus esto. La parola testamentaria del padre era la legge, era il diritto.

Tanta e sì grande era l'estensione che il romano legislatore, soprattutto curante di dare all'ordinamento dello Stato una base salda ed incrollabile nella famiglia, avea stimato necessario di conferire alla paterna autorità.

10. Perdevasi la patria podestà: 1° Colla morte naturale; 2° Colla morte civile, con la diminutio capitis, con la perdita dei civili diritti: 3° Coll'acquisto del Patriziato, da parte del soggetto alla patria potestà; 4° Colla cattività in potere dell'inimico: in questo senso che se il padre fu preso dai nemici, e muore prigioniero, dal tempo in cui fu colto, il figlio ritiensi suo jure; 5° Colla emancipazione, mediante la quale il figlio davanti al giudice competente si dimetteva dalla anteriore soggezione.

6

11. Gli effetti dell'emancipazione erano: 1° Che il figlio diventava plene sui juris, cioè acquistava pieno dominio sopra se stesso e sui propri beni avventizi, eccettuata solo la metà dell'usufrutto, che rimaneva al padre; 2° Che al padre restava, all'incirca, lo stesso diritto sul figlio, che al padrone sul liberto, e per conseguenza, gli succedeva ab intestato, ed era legittimo tutore dell'impubere.

12. L'adozione era l'atto giuridico col quale un individuo ne prendeva un altro in luogo di figlio. Era di due specie: adozione propriamente detta, ed arrogazione. La prima era di coloro i quali, essendo sotto la patria potestà di un altro, si trasferivano dalla famiglia del padre naturale in quella dell'adottante, e questa poteva farsi presso qualsiasi magistrato giusdicente, quale il Pretore o il Proconsole. mediante una cerimonia consistente in una finta vendita dal padre naturale al padre adottivo.

L'arrogazione, invece, era il trapasso di chi fosse sui juris sotto la potestà di un altro; e così fu chiamata perchè non poteva farsi se non mercè di espressa rogatione davanti al Popolo raunato nei Comizii curiati. Quando però, mutato lo Stato da repubblicano in imperiale, i poteri popolari passarono nel principe, cominciarono le arrogazioni a farsi per semplice autorità di quest'ultimo.

13. Veduto così quanto concerneva la patria potestà ed i reciproci rapporti tra padre e figli, giova ora esaminare quelli che esistevano tra il padrone e gli schiavi.

La schiavitù, questo grande delitto sociale, che rimonta all'origine delle nazioni, che sussiste ancora oggidì, più o meno modificato ed attenuato, nella maggior parte del mondo, e che la civiltà europea si adopera con magnanimi sforzi ad abolire, trovava nell'antica società la sua ragione d'essere nella mancanza di forti capitali e di perfezionati strumenti produttivi. In un'epoca in cui non esistevano macchine che lavorassero come uomini, faceva mestieri che vi fossero uomini condannati a lavorare come macchine. È ciò che disse stupendamente Aristotele: quando la spola ed il martello lavoreranno da sè, la schiavitù cesserà di essere necessaria!

14. In due grandi categorie distinguevansi gli schiavi, a seconda che nascevano, o che divenivano tali. – Nascevano schiavi del padrone della madre coloro che erano figli di schiava. Tra gli schiavi non erano vere nozze, e il loro matrimonio chiamavasi Contubernium. Gli schiavi nati in casa dicevansi Vernæ e Vernaculi; ed erano d'ordinario i più procaci e viziosi, siccome quelli coi quali solevano i padroni mostrarsi più indulgenti e corrivi.

Divenivano schiavi coloro che o erano fatti prigioni fra i nemici, od erano venduti.

Il prezzo degli schiavi dipendeva dal numero, dalla concorrenza e dai bisogni; variava eziandio giusta l'età, il sesso, la forza, la salute, l'abilità del servo. Plauto, che viveva nel sesto secolo di Roma, dice che un buono e robusto schiavo valeva allora 20 mine, ossia 1829 fr. 55, ed un ragazzo 6 mine (548 fr. 86).

15. Liberavansi i servi dalla schiavitù mediante la Manumissione; la quale era o Giusta, quando conferiva la pienezza della libertà e dei diritti di cittadino, o Meno Giusta, quando, mercè della legge Giunia Norbana, il liberato facevasi Latino Giuniano, godente minori prerogative. Anco inferiori a quest'ultima classe erano i Liberti Dedititii. In tre modi facevasi la Giusta Manumissione: per censum, quando il servo, a saputa o per ordine del padrone, veniva registrato dal Censore, al pari degli altri cittadini, nel censo; per vindictam, se il padrone in presenza del Pretore diceva dell'astante servo:

Hunc hominem liberum esse volo jure quiritiario; e per testamentum, allorchè il padrone, testando, legava al servo la libertà.
La Meno Giusta Manumissione facevasi inter amicos o per mensam, quando il padrone invitava il servo a seder secolui, o per epistolam, cioè in una dichiarazione epistolare.

NOZZE – SPONSALI – RITI E COSTUMANZE PRATICATE ALLA NASCITA DI
UN FANCIULLO – LA NUTRICE – LA TOGA PRETESTA – IL PEDAGOGO – GLI
STUDI DELL'ADOLESCENZA.

16. Se l'organizzazione della famiglia era dai Romani tenuta in sì gran conto, come base precipua di quella dello Stato, facile è il comprendere di quanta solennità e di quanto rispetto circondare dovessero il contratto nuziale, che della famiglia è il principio, il fondamento e la consecrazione.

La domanda che lo sposo facea della sposa a colui sotto la cui patria potestà essa era, e la risposta affermativa di quest'ultimo costituivano una reciproca obbligazione sotto il nome di Sponsalia, dallo spondere che faceva il padre della fanciulla. Indi Sponsus e Sponsa, Speratus e Sperata dicevansi i due promessi.

Potevano col solo verbale consenso stringersi gli sponsali; sovente però si redigevano per iscritto; e le tavolette sulle quali questo era consegnato suggellavansi colle anella dei presenti. Lo sposo dava alla fidanzata l'anello pronubo, quasi arra o pegno della promessa. Fissavasi quindi il dì delle nozze.

17. In tre diverse maniere soleano contrarsi le nozze, cioè: Usu, Confarreatione e Coemptione.

Dicevansi fatte coll'uso le nozze, quando la moglie avesse un intero e continuo anno vissuto in matrimonio col marito.

Per confarreazione era formato il nodo coniugale quando, adoperate certe parole consacrate, in presenza di dieci testimoni, e del Pontefice, faceasi solenne sacrificio. Cogli stessi riti potevasi sciogliere il matrimonio, ed allora Diffarreatio la cerimonia chiamavasi.

Per coemptionem eran fatte le nozze quando, mercè di una simulata compra e vendita, davasi dal marito una somma di denaro per ridurre in proprio potere la sposa.

18. Sotto l'autorità della religione ponevansi le nozze; nè contrarre si potevano senza sacrifici ed invocazioni, specialmente a Giunone; la Dea che presiedeva al connubio. Il fiele dell'animale immolato gettavasi via, in segno dell'espulsione d'ogni amarezza dal domestico focolare. La capigliatura della sposa col cuspide di un'asta spartivasi, in auspicio di maschia e forte progenie.

La sposa stessa quindi s'incoronava, le si imponeva una cinta di lana. Tre fanciulli, detti Paraninfi, alla maritale casa l'accompagnavano, portando ciascuno una face o teda di pino resinoso. La seguivano pure le ancelle, recando, in segno della vita laboriosa cui era consacrata, la conocchia, il fuso ed altri strumenti di donnesche occupazioni. Gli amici, i vicini, i parenti solennizzavano quel giorno, e di qualche utensile o vezzo regalavano la sposa: ed un impubere fanciullo detto Camillo, in un vaso chiamato Cumera, portava gli ornamenti e la bolla che all'infante nascituro soleansi appendere al collo. Giunta alla nuova sua casa, la giovinetta, interrogata chi ella fosse, rispondeva: Dove tu sarai, o mio sposo, ivi io pure sarò. Essa ungeva tosto di adipe di lupo o di maiale le imposte dell'abitazione, col che stimavasi di allontanare i cattivi auspicii. In argomento di pudore, essa non entrava nella casa del marito, ma eravi da questo fra le braccia portata, quasi ritrosa ed invita vi adisse. Immediatamente le si consegnavano le chiavi, le si offriva l'acqua ed il fuoco: lo sposo restituiva a lei ed ai parenti la cena che la sera degli sponsali gli avevano data, mentre i servi cantavano i versi detti Fescennini. E finalmente la comitiva ritiravasi, dando e ricevendo scambievoli donativi.

19. Era, presso i Romani, in uso il Divorzio. – Romolo aveva permesso il divorzio ai soli mariti, non alle mogli; ed a quelli soltanto in certi determinati casi, cioè: se la donna avesse avvelenato la prole: se, inconsapevole il marito, avesse bevuto vino ecc. In seguito anche alle mogli fu conceduto rompere il nodo nuziale; e quando i costumi di Roma volsero in decadenza, estrema divenne la frequenza dei divorzi. La formola del divorzio era: Res tuas tibi habeto, ed anche: Collige sarcinulas, exi, vade foras, redde claves.

Non si confonda il Divorzio col Ripudio, il quale rompeva gli sponsali; e la formola colla quale a questi rinunciavasi era: Conditione tua non utor.

20. Finchè puri e forti si serbarono gli antichi costumi, i lattanti non erano affidati a compra nutrice, ma al petto della casta e virtuosa madre si allevavano: e l'ufficio della nutrice quello era soltanto di assistere la padrona e di aiutarla nelle domestiche faccende. Essa sceglievasi d'ordinario tra le vecchie parenti, di specchiata fama e tale che coi precetti e coll'esempio educar potesse al bene gli anni primi dell'infanzia.

Era severamente vietato il profferire in presenza dei fanciulli parole sconcie ; le quali appunto dicevansi prætextata verba, dal nome della Pretesta, o toga che vestivano le ragazze fino al dì del matrimonio, ed i giovinetti fino all'anno decimosettimo della loro età.

21. Imparati i primi rudimenti dell'educazione morale ed intellettuale, erano gli adolescenti delle agiate famiglie affidati ad un pedagogo, e quelli delle ricche, a parecchi maestri, incaricati di erudirli nelle varie parti dell'umano sapere.

La lettura di Omero, di Sofocle, di Euripide, di Erodoto, di Tucidide, di Senofonte e d'altri greci scrittori; ai quali poscia si aggiunsero i più celebrati fra' latini; l'eloquenza; l'aritmetica, la geometria, la musica e la pittura, formavano di buon'ora il desiderato pascolo dei giovani spiriti. Nè le arti destinate a sviluppare il corpo si trascuravano; ma la danza, il nuoto ed i ginnici esercizi preparavano alla prestanza, alla forza ed alla grazia le membra dei futuri difensori della patria.

Dal pedagogo e dagli elementari maestri passavano quindi i giovinetti sotto la direzione di un filosofo e di un retore, per apparare da quello la difficile arte del retto raziocinare, da questo quella, non meno nobile, dell'ornato favellare.

VESTITIONE DELLA TOGA VIRILE – STUDI ED ESERCIZI GIOVANILI – MODI DI SCRIVERE.

22. Deposta la pretesta, assumevano i giovani la Toga Virile, detta anche Pura o Libera. Coloro che la indossavano prendevano il nome di Tirones, e l'atto di vestirla Tirocinium si diceva.

La vestizione della toga virile facevasi con gran pompa; il giovane candidato da numeroso stuolo d'amici era accompagnato al foro, quasi a solenne auspicio della vita civile e pubblica cui s'iniziava.

23. Ogni cittadino romano doveva essere soldato. Indossata quindi la toga virile, era mandato agli accampamenti, dove obbedendo imparava l'arte del comandare.

Dopo due o tre anni, tornava in Roma e veniva consegnato ad alcun insigne oratore, o ad altro grave personaggio ed autorevole, il quale lo ammaestrasse nella scienza del giure e nel magistero della facondia.

Se i mezzi di fortuna lo permettevano, i parenti lo mandavano poscia in alcune delle precipue sedi della greca sapienza, come Atene, Rodi, Mitilene, ove i suoi studi ricevevano maggior perfezione.

Solevano poi gli eruditi giovani raccogliere nella propria casa gli amici, od anche talora in un pubblico luogo, nel teatro, nel foro o nel tempio d'Apollo palatino il popolo: ed ivi recitavano le orazioni, i carmi, o le altre opere che avevano studiosamente composto.

24. Qualunque sia l'opinione che l'erudizione e la critica preferiscono circa l'origine della scrittura ed all'invenzione dell'alfabeto, che gli antichi attribuivano ai Fenici e che molti fra i moderni fanno invece rimontare ai primitivi abitatori dell'estremo Oriente, certo è che l'arte del tramandare con materiali segni l'umano pensiero fu tenuta in sommo onore dalla dotta antichità.

Si è nelle più culte città della Grecia che l'industria libraria prese incremento, per mezzo dei bibliopoli, che rizzavano botteghe, divenute ad un tempo depositi di opere e convegni di letterati. Allorchè uno di questi ultimi avea composto un lavoro, ne dava ivi lettura ad uno scelto uditorio; e dal successo che in questo primo saggio ottenevasi, prendeva norma il libraio, per arrischiare o no l'impresa di far trarre dell'opera un certo numero di esemplari. Carissimi erano in Grecia i libri: tre trattati di Pitagora, o forse del suo scolaro Filolao, furono pagati da Platone 100 mine, pari circa a 9,147 lire di nostra moneta; ed Aristotile pagò 3 talenti (16,465 lire) le opere di Speusippo, nipote di Platone.

Meno enorme divenne il valore dei libri in Roma, dacchè ne crebbe l'offerta. Ricorda il poeta Marziale che il primo libro delle sue opere, contenente 720 versi,non vendevasi che 4 denari, cioè 3 lire o 3 lire e 50 cent. Il libro tredicesimo, alquanto più voluminoso, smerciavasi a 4 nummi, o circa 6 lire nostre; ma, aggiunge il citato autore, potrebbe ottenerlosi anche per la metà di questo prezzo da chi sapesse alquanto mercanteggiare. Tanta modicità di prezzo non sarebbe spiegabile a chi non sapesse che i copisti ai servizi dei romani editori erano schiavi, i quali non ricevevano altra mercede, fuorchè un parco e magro alimento. È inoltre da notarsi che, ai tempi di Marziale, certi perfezionamenti introdotti nei processi dello scrivere da un tal Faunia, accresciuti poi dall'imperatore Claudio, il quale non disdegnò occuparsi di questo ramo di tecnologia, avevano fatto ribassare di molto il costo dei libri.

25. Di tre specie erano i libri: i primi potevano involgersi, rotolarsi intorno ad un bastoncello, epperò dicevansi volumi; altri eran quadrati, e nomavansi Codici; altri finalmente si piegavano a guisa degli odierni, con la sola differenza che, invece di essere di più fogli, una sola carta o membrana sopra se stessa ripiegata, li formava.

La scrittura era originariamente consegnata a rozze pelli, a cortecce od a foglie d'alberi; e l'etimologia dei vocaboli bibbia o libro, derivanti dal greco biblos e dal latino liber, che appunto significano l'interna e flessibile parte della corteccia delle piante, indica abbastanza quest'uso.

Il papiro egizio fu una delle più adoperate fra queste cortecce. Si fu solamente ai tempi di Alessandro Magno che i mercatanti cominciarono a tessere i filamenti del papiro, ad impastarli con la fangosa acqua del Nilo, facendone così una specie di carta.

Una formidabile concorrenza al papiro sorse nel regno di Pergamo, ove, per sottrarsi al tributo librario che conveniva pagare all'Egitto, gli editori utilizzarono per la scrittura la pelle di pecora; d'onde i nomi di Pergamena, di Cartapecora, di Membrana.

Oltre a questi due precipui materiali, adoperavansi eziandio tavolette di legno o d'avorio, o con intonachi di cera, sulle quali scrivevasi con punta acuta o stilo, d'onde venne il traslato stile.

PARTI PRINCIPALI DEL VESTIMENTO – QUALITÀ VARIE DI TOGA – DISTINTIVI ONORIFICI – ORNAMENTI MULIEBRI.

26. In quella guisa stessa che la principal parte del Greco vestire era il Pallio, così del Romano fu la Toga. Talchè Togatus adoperavasi in luogo di Civis Romanus.

Era la toga una veste di lana, rotonda e chiusa senza maniche; col solo atto dell'indossarla, senza necessità d'ulteriori movimenti, involgevasi con essa tutto il corpo, per modo che il destro braccio dalla parte superiore libero ne uscisse, ed il sinistro sollevasse l'imo lembo della toga.

Portavasi solo in pubblico la toga; più grande ed ampia, dai ricchi; più angusta invece da' poveri. Bianco ne era d'ordinario il colore; da distinguersi però dal Candido splendente ed argenteo, che usavansi soltanto da coloro che aspiravano alle magistrature ed agli uffizi, talchè Candidati furon chiamati.

27. Nel lutto vestitasi una toga grigia. Sordida dicevasi la toga dei rei, perchè solevano con macchie inquinarla, ad apparire più miseri, ed a viemmeglio destare la pietà dei giudici.

Oltre alla toga Pretesta ed alla Virile, delle quali sopra fu menzione, distinguevansi ancora: la Toga Picta, o Palmata, cioè ornata d'oro e di porpora, che era propria dei trionfatori, la Trabea, ancora più riccamente foggiata, e se ne ornavano i simulacri degli Dei, i Re e i Sacerdoti.

28. Sotto alla toga, vestitasi la Tunica di lana e bianca anch'essa, ma più stretta e corta, ed in origine senza maniche, (creduta molle usanza ed effeminata) ma poi vi si appiccarono.

Solevano spesso i Romani, al di sotto di questa tunica, detta perciò esteriore, portarne un'altra, chiamata Subucula o Interula, di lino.

I Senatori indossavano la Tunica laticlavia; e l'angusticlavia i Cavalieri; così dette, la prima perchè più largo, e più stretto la seconda portava il clavo purpureo, striscia oblunga che dal sommo all'imo la traversava.

29. La veste militare si chiamava Sagum o, grecamente, Clamys; d'onde saga sumere dicevasi del prepararsi alla guerra; e sagarii nomavansi i venditori di tali vesti. Paludamentum la veste del generale si diceva. La Læna, formata di più fitto tessuto o di peli, adopravasi nell'inverno. Simile a questa era la Lacerna, vero mantello a cui si attaccava talvolta il Cucullus, o cappuccio per coprire la testa ed il collo. Sebbene tutte queste vesti, a principio, fossero dei soli soldati, passarono poscia, tranne il Sago, ad uso anche dei cittadini.

Nei dì di pioggia adopravasi la Pænula, che era un mantello di lana, o di pelle, e dicevasi allora Scortea.

30. Nei prischi tempi anche le donne uscenti in pubblico vestivano la toga; ma in seguito e massime sotto gli imperatori, lasciata questa alle meno oneste, le matrone presero ad usare la Stola, tunica manicata e talare, talvolta ornata di porpora ed oro, sulla quale ponevano una specie di pallio, detto Palla.

In luogo della tunica virile, portavano le femmine l'Indusium.

Ad ornamento del capo usavano la Mitra ed il Reticulum, nel quale la chioma raccoglievano; e la testa coprivano col Flammeum.

31. Al principio della Repubblica, i Romani usavano alti stivali di cuoio; e le scarpe più basse soltanto portavano i Magistrati Curuli. In appresso però questa distinzione scomparve.

Calze gli antichi non avevano; ma i più delicati od infermi fasciavano le gambe con panni di lana o di lino.

Pretendono taluni che al grand'uso che nei loro vestimenti facevano della lana gli antichi, andassero debitori in parte di una maggiore sanità che i moderni, e segnatamente delle meno frequenti febbri intermittenti.

CAPO SESTO
CASE – VILLE – OCCUPAZIONI GIORNALIERE – PASTI PRINCIPALI – RITI E USANZE A CIÒ RELATIVE – BAGNI – GIUOCHI – MODO DI VIAGGIARE.

32. Sembra che, alle origini, ogni famiglia in Roma occupasse una casa intera, piccola ma a parte, come amano fare ai dì nostri gli agiati inglesi; ma quando il valore dei terreni, per la cresciuta popolazione, e quello degli edifizi fatti più grandi e sontuosi, divenne più alto, cominciarono vari inquilini a vivere in quartieri sovrapposti, come dai più oggi si usa fra noi. Marziale ci avverte ch'egli occupava, a fitto, un terzo piano:

.... Scalis habito tribus, sed altis.

Silla, non celebre ancora, non pagava del suo quartiero che una pigione di 600 nostre lire all'anno. Ma nelle parti più eleganti e più ricercate della città, cari assai erano i fitti; e Cicerone parla d'una casa appigionata per 30,000 sesterzi, o 6,000 franchi.

33. Chi entrava in una casa di ricche persone vedeva, per prima cosa, sulla porta un Salve graziosamente scritto a mosaico: e spesso udiva questa parola ripetuta dalla voce stridula di augelli a ciò addestrati. Altre volte invece il minaccioso avvertimento Cave Canem, eloquentemente confermato dall'abbaiare di più molossi, gli facea men gentile accoglienza.

Semplici, modeste ed al puro necessario limitate erano le mobilie dei primi Romani. Ma, col progrediente lusso, si accrebbero di numero, di varietà e di valore.

Il letto costituiva da sè un oggetto di grande sontuosità, e Marziale pone in dileggio un ignorante arricchito che fingeva una malattia per avere un pretesto da far entrare i suoi visitatori in una camera riccamente addobbata. I guanciali anticamente erano pieni di lana; e i materassi di paglia. Così dormivano i prischi Romani, abbastanza stanchi quando cedevano al sonno, per non aver bisogno d'altre raffinatezze. Ma la paglia fu tosto sostituita dalla fine piuma d'oche; questa pure divenne volgare, e vi sottentrò quella del cigno, alla cui ricerca più d'un proconsole spedì intere coorti.

Numerose tende, imposte ermeticamente chiuse cacciavano la luce ed i rumori dalla camera da letto. Nella sua bella villa di Laurentinum, Plinio vantavasi d'un dormitorio, ove nè la voce dei servitori, nè il mormorio del vicino mare, nè lo scroscio della folgore stessa, nè i raggi del sole o il guizzo del lampo, potevano penetrare.

Gli stipi, i deschi, le tavole erano, nei palazzi, di preziosissimi legni esotici. Cicerone comprò un solo monopodo di citro, venuto dall'Africa, un milione di sesterzi (204,500 franchi).

I vetrai d'Alessandria fornivano le coppe ed i vasi; i fonditori di Corinto mandavano i bronzi, l'Asia i Trapezofori di rari marmi, sostenuti da dragoni graziosamente scolpiti.

Si è specialmente nelle suburbane ville che_spiegavasi, in tutto il suo splendore, questo lusso che Roma imitò dall'Oriente. Questi luoghi di delizia, nei quali i grandi cittadini della Repubblica andavano a respirare aure più pure ed a riposarsi alquanto delle fatiche del foro e del campo, divennero, sul cadere di quella e più sotto l'impero, le sedi dell'ozio, della voluttà e della corruzione. I fertili campi furono allora cambiati in giardini ed in parchi da caccia; l'Italia, ricca un dì di ogni agraria produzione, divenne tributaria degli altri paesi graniferi, la sua popolazione si diradò e, per dir tutto in breve con Plinio, Latifundia Italiam perdidere.

34. Alla umile tavola da mensa dei primitivi Romani sottentrarono le tavole preziose di cui sopra si fece cenno. Intorno alla mensa sdraiavansi sopra le siguras i convitati, separati da soffici cuscini di porpora, nel Triclinio, così chiamato dai tre sedili che lo componevano. Nel Biclinio, a due letti, si cenava. Sopra ogni letto erano tre commensali, o al più quattro: – un maggior numero sarebbesi ritenuto indecente. Si adagiavano posando la parte superiore del corpo sul gomito, e l'inferiore tenendo distesa per modo che il primo convitato accostasse i piedi al dorso del secondo, e questi la testa avesse a mezza vita del primo, divisi però sempre dal cuscino; e così via di seguito. Il più onorevole dei posti era quello di mezzo e, dopo questo, quello in capo di tavola; gli invitati solevano talvolta farsi accompagnare da alcuni non chiamati dal padrone di casa, e questi designavansi col significativo nome di Ombre. A' piedi dei letti sedevano i Parassiti, i Clienti, i Servi.

Prima di porsi al pasto, i convitati si lavavano; indossavano una veste più succinta, detta appunto Vestis Cenatoria o Synthesis, e, toglievansi le suole dai piedi.

35. Di tre parti componevasi il servizio delle vivande. La prima detta Gustus o Gustatio, composta di cibi leggeri ed acconci ad eccitare l'appetito. Chiamavasi anche Antecæna, Antecænium, Promulsis. La seconda era la Cena, la cui principale portata Caput cænæ nomavasi. Colui che disponeva sulla mensa i piatti e le vivande, era lo Structor, e lo scalco si diceva Carptor. Imbandivansi finalmente le Mense Seconde, cioè le frutta, i dolci, ecc.

Al cominciare della cena eleggevasi a sorte un Magistrato, o Thagliarcus, il quale presiedeva alla mensa, e stabiliva l'ordine delle portate e dei vini.

I convitati si incoronavano di fiori, di mirto o di amaranto; e, se maggiore era il lusso, ungevansi di preziosi aromi. Il triclinio intero era coperto di fiori: e le pareti eran graziosamente dipinte di scene di vendemmia, di satiri, e di baccanti.

I più doviziosi nell'atto del cenare, godevano lo spettacolo di danzatrici, di pantomimi e di gladiatori; i più modesti e frugali udivano qualche amena lettura, o ascoltavano allegra musica, o disputavano piacevolmente.

36. Le ore e il numero dei pasti variarono nei diversi tempi di Roma. – Dapprima, nell'età della parsimonia e della frugalità, bastò un solo, ed all'ora nona del giorno. Ma, in appresso, si moltiplicarono le mense: al mattino. l'Ientaculum, o asciolvere: indi il Prandium, all'ora sesta: poscia la Merenda, piccola refezione tra il pranzo e la Cæna; – quest'era di tutti i pasti giornalieri il più abbondante e copioso: e finalmente i più golosi aggiungevano la Comessatio, prima del recarsi a dormire. A gente occupata del continuo a mangiare, bere, digerire e (pur troppo dobbiamo con ribrezzo ricordarlo) a procurarsi il vomito per preparare spazio a nuove ingordigie, qual tempo rimaner poteva al lavoro?..

37. Il vino costituiva la principale bevanda: ma i più eleganti vi mescevano unguenti ed aromi. Il magistrato della mensa regolava l'ordine ed il numero dei vini e dei bicchieri, e la natura e successione dei brindisi e degli evviva.

38. Il lusso dei bagni, così pubblici come privati, usitati, del resto, presso tutti i popoli antichi, sorpassò appo i Romani ogni limite, come attestano le rovine delle Terme e degli altri edifizi a ciò destinati. Quivi riunivansi i bagni freddi, tiepidi, caldi e le stufe; grandi bacini per esercitare al nuoto la gioventù; basiliche e sale, nelle quali disputavano

i filosofi, i retori ed i poeti: viali lunghi ed ombreggiati da magnifici alberi, per comodo del passeggio. Essi usavano ancora di far mondare il corpo durante il bagno da schiavi a ciò destinati; ed all'uscirne si facevano ungere d'olii e d'unguenti aromatici. Furonvi imperatori, quali Comodo e Galieno, che si bagnavano persino sette od otto volte al giorno.

I bagni furono anche adoperati da loro come mezzo curativo e terapeutico nelle malattie; e, ad edificazione dei moderni idropatici, possiamo citare Musa, medico d'Augusto, che lo guarì con bagni freddi.

Nè credasi che i bagni fossero soltanto pei ricchi; chè anche i più poveri potevano approfittarne, mediante la retribuzione di un quadrante, equivalente a circa due centesimi di nostra moneta.

39. Numerosi e svariati furono i giuochi dei Romani. Ludi convivales eran detti quelli che avevano luogo durante i pranzi e le cene.

Fatto il conto dei loro giorni festivi, riconosciamo che più d'un terzo dell'anno civile era consacrato all'ozio ed al passatempo. Fuvvi, durante l'Impero, un'epoca in cui, sopra 365 giorni, il popolo di Roma era, durante più di 200, distratto da ogni produttivo lavoro. Questa santificazione dell'ozio, congiunta all'orgoglio di un popolo militare, sdegnoso di procacciarsi coll'industria ciò che poteva ottenere con la forza dell'armi, ci spiega la povertà sociale ed i meschini progressi del commercio e delle arti utili in Roma.

40. Tra le più famose festività dei Romani furono le Saturnali, d'antichissima origine italica. Al principio forse non erano che solennità agrarie, fatte al cessare delle messi e d'ogni campestre occupazione; ma poscia, introdotte nelle città, degenerarono dal pristino scopo, e divennero occasione ai più orribili disordini ed alle immoralità più nefande.

Assai peggiori furono le Baccanali, nelle quali una plebe di ubbriachi vestiti di pelli di cervo all'asiatica, correvano ululando, portando tirsi, e percuotendo cembali e tamburi. Uomini travestiti da Pani, da Satiri, da Sileni, donne, dette Menadi e Baccanti, si abbandonavano al più schifoso e spaventevole delirio.

41. Ma i prediletti ludi romani erano i Circensi, instituiti primamente da Romolo, in onore del Dio Conso, o Nettuno, d'onde Consuali furono anche detti. Dal Circo Massimo eretto da Tarquinio Prisco ricevettero l'altro loro nome. Era questo immenso edificio capace di 150,000 persone almeno, aveva una periferia di otto stadii, o mille passi. Ivi, spettante il popolo, il Senato, il Principe, facevansi sei principali specie di giuochi: la Corsa, la Lotta o il Certame ginnico, il giuoco di Troja, la Caccia, la Pugna equestre e la Naumachia.

42. La corsa eseguivasi su Carri o su Cavalli. Gli Aurighi, o condottieri, erano divisi in quattro compagnie, distinte dai colori delle vesti: la fazione Albata, o bianca: la Russata o rossa:, la Veneta, o cerulea: e la Prasina, o verde, alle quali Domiziano aggiunse l'Aureata e la Porporea: e quando queste fazioni portate vennero a Costantinopoli, si tramutarono in partiti politici, che insanguinarono spesso le strade di quella capitale.

43. Il certame ginnico od atletico consisteva nel far prova di forza e di prestanza muscolare. Vi pigliavano parte i Cursores, i Pugiles, i Luctatores, i cui nomi indicano abbastanza le funzioni.

44. I giovani di nobil casato eseguivano il Ludus Trojæ, correndo a torme su focosi destrieri, e facendo una finta battaglia, quale Virgilio descrive nel quinto della Eneide (v. 561 e seg.).

45. La caccia circense era una pugna di fiere e belve tra loro, o con uomini; se crediamo a Seneca, i primi combattimenti d'animali ebbero luogo a Roma nel VII° secolo dalla sua fondazione, vivente Pompeo. Ma da altre fonti sappiamo che, prima di quell'epoca, eransi uccisi a colpi di freccia nell'anfiteatro più centinaia di elefanti, di lioni e di pantere.

La frequenza di simili spettacoli e la moltitudine delle sacrificate bestie crebbero a più doppi sotto l'Impero, quando una delle più serie e gravi cure del governo era di dilettare la feroce e stupida plebe, sempre chiedente Panem et Circenses. – Giulio Cesare offerse al circo ben 400 chiomati leoni, e fece combattere fanti e cavalieri contro 40 elefanti. Novemila animali, di cui 5000 feroci, furono uccisi nella festa che inaugurò l'anfiteatro di Tito. I giuochi che celebrò Trajano, dopo la sua vittoria sul Dace Decebalo, durarono 123 giorni, e costarono la vita a undicimila bestie feroci e domestiche. Dugento leoni caddero in un sol giorno trafitti sotto gli occhi di Adriano. Il solo imperatore Marco Aurelio mostrò, da filosofo qual era, un giusto orrore per quelle inutili e pericolose ecatombe; ma Comodo, l'indegno suo figlio, non solo richiamò in onore quelle feste sanguinose, ma scese anch'egli armato e seminudo nell'arena.

46. Marco e Decio Bruto, nei funerali del loro padre, ordinarono la prima lotta di Gladiatori: spettacolo pel quale era tanto maggiore la predilezione del romano popolo, quanto la emozione del veder scorrere umano sangue è più viva di quella di assistere all'agonia delle belve. Giulio Cesare offerse una volta alla piaggiata plebe seicentoquaranta coppie di gladiatori; e Tito continuò quelle inumane giostre per cento giorni.

Ecco l'immensa arena, tutta gremita di genti affluite dalle più remote provincie, impazienti di pascere lo sguardo nell'ultimo palpito dell'atterrato lottatore. Da quella ondeggiante e clamorosa massa di popolo escono confusamente
Voci alte e fioche e suon di man con elle.

Ma ecco aprirsi i cancelli, e a due a due uscirne stupidamente baldanzosi i gladiatori. Quasi per addestrarsi all'opera di sangue cominciano ad armeggiare con ispade lusorie di legno; – ma la plebe, sitibonda di vere ferite e di vere morti, pone fine al fanciullesco trastullo. Su, vere spade, snudatevi; e voi che dovete, morendo, divertire i dominatori del mondo, atteggiate le labbra all'ultimo sorriso! Comincia la pugna, un incalzarsi, un ferire, un parare, un ritrarsi a tempo ed un assalir subitaneo, finchè il men destro o il più sventurato cada ferito: ma che? il caduto alza un dito in atto di chiedere grazia; se la plebe lo giudica valoroso e degno, grida al vincitore di fermarsi e di riserbarle un campione di futuri piaceri. Se cadde vilmente, o se la moltitudine vuol sino alla feccia gustare il feroce spettacolo, miriadi di bocche sclamano: Recipe Ferrum! e l'ultimo colpo tronca al moribondo la vita. Attorno al caldo cadavere accorrono gli epilettici, e bevono avidi il sangue, creduto rimedio alla loro infermità....

Una società, deturpata da cotali macchie, sebbene illustre per militari e per civili imprese, non merita che la posterità ne pianga la caduta. E benedetto il cristianesimo, che chiuse le orrende porte del Circo!

47. L'ultimo spettacolo di cui questo era il teatro, era la Naumachia, ossia una finta battaglia navale. Da sotterranei meati entrava l'acqua nell'anfiteatro: le navi comparivano e tutte le evoluzioni compivano che un'armata sul mare contro l'altra adopera.

48. Un popolo avvezzo a questo genere di passatempi non poteva avere, per i più pacati e spirituali divertimenti del teatro comico e tragico, quella propensione ch'ebbero invece i più culti Greci.

Più che dell'intrinseca bontà e dell'artistica bellezza de' drammi, i Romani dilettavansi della magnitudine e sontuosità dei teatri. I primi dei quali furono posticci e destinati a durare pochi giorni o al più un mese. Capace di 80 mila persone, sostenuto da 360 colonne di marmo, di vetro e di legno dorato, ornato da 3,000 statue, fu quello che eresse Scauro. Il primo a edificarne uno stabile fu Pompeo, emulato poscia da Augusto, che fabbricò quello detto di Marcello. La bizzarria, più che le sane regole dell'arte, presedeva spesso a quelle colossali costruzioni; e la più applaudita fu quella ordinata da Cajo Curione che, nei funerali del genitore, eresse due teatri capaci di girare sopra un pernio, con entro gli spettatori; i quali così, finita la rappresentazione drammatica, venivano, senza muoversi, trasportati in un anfiteatro. Talvolta questi edifizi di legno costarono la vita a migliaia di spettatori e Tacito racconta che quando rovinò quello di Fidene, 50,000 persone vi rimasero morte od offese.

Le varie parti del Teatro erano la Scena, il Proscenio, il Postscenio, il Pulpito e l'Orchestra.

Gli spettacoli scenici erano: la Commedia, la Tragedia, la Satira, e la Mimica.

49. I popoli moderni si divertono forse meno, ma lavorano di più. – E più frequenti e facili sono eziandio fra loro i viaggi. Gli antichi Romani, per trasportarsi dalla città nelle loro ville o nelle provincie, faceansi portare in lettiga. Le carrozze, quali oggi le abbiamo, non erano conosciute; nè esisteva la posta dei cavalli, nè quella delle lettere, se non per servizio pubblico del governo. Magnifiche però furono le strade dai Romani costrutte, con lo scopo specialmente di agevolare il trasporto delle truppe e la dominazione sopra i soggiogati paesi.

Il giorno civile e le sue divisioni – Feste, Giorni fasti, nefasti, intercisi, innominati, comiziali – Mesi, Calende, None e Idi – Calendario – Monete, Pesi e Misure ragguagliate con quelle del sistema decimale.

50. Dacchè gli uomini scelsero il giorno, il νυκθήμερον ossia il periodo tra due successivi levarsi del sole, come unità prima di misura del tempo, dovettero pensare, da una parte, a dividerlo in parti più brevi, o in frazioni di giorno, e dall'altra, a ripeterlo più volte, per formare somme più o meno grandi di giorni. Ma la divisione del giorno dipese dovunque dal momento in cui lo si faceva cominciare, e da quello in cui lo si finiva.

A Roma non seppesi, primitivamente, distinguere che il mattino, il mezzogiorno e la sera; la legge delle Dodici Tavole non fa menzione che del levarsi e del cadere del sole: nè vi è usata la voce ora. Un usciere dei consoli aveva l'incarico di annunziare con un grido l'istante in cui cominciavasi a scorgere l'astro del giorno dal palazzo del Senato, tra la tribuna ed il luogo ove si collocavano gli ambasciatori ed altri stranieri; nel modo istesso proclamavasi il mezzodì; l'ultima ora della giornata era quella in cui il sole declinava dalla colonna Mœnia alla prigione; talchè era difficile il riconoscere i veri limiti del giorno, quando il sole era da dense nubi nascosto.

51. In seguito però si aumentarono le parti o frazioni del giorno. Questo fecesi cominciare da mezzanotte, distinguevasi quindi il canto del gallo, cantinicium: l'alba, diluculum; il sorger del sole; l'antimeriggio; il meriggio; il pomeriggio; il tramonto; la sera; il crepuscolo; l'accendilume, prima fax; il cominciar della notte, intempesta nox ecc., denominazioni incerte e tali che palesano l'ignoranza di coloro che le adopravano.

52. A poco a poco però s'introdussero in Roma alcuni grossolani strumenti, inventati in Grecia per la misura del tempo. Verso l'anno 293 avanti G. C. il Console Papirio, consacrando il tempio di Quirino, vi pose un quadrante solare o gnomone. Le clessidre e gli orologi ad acqua cominciarono pure a venire in uso.

Con questi e simiglianti materiali aiuti, la giornata (cioè non il νυκθήμερον, ma bensì il giorno naturale, l'intervallo compreso tra il levare ed il cader del sole) potè dividersi in dodici ore, che avevano una diversa lunghezza, a seconda delle differenti stagioni, essendo più brevi le ore d'inverno, e più lunghe quelle dell'estate. La notte poi, grazie ad alcuni altri acconci strumenti, fu divisa in quattro vigilie di tre ore ciascuna, più lunghe in inverno e più brevi nell'estate.

53. Hora viene dal greco Ὧραι, e forse dall'orientale (aur), luce. Ogni ora del giorno era consacrata al Sole, a Venere, a Mercurio, alla Luna, a Saturno, a Giove, a Marte, vale a dire ai sette pianeti degli antichi; e, siccome sette non divide esattamente nè dodici, nè ventiquattro, indi seguiva che la prima ora del giorno non era giammai due volte di seguito sacra allo stess'astro.

54. Distinguevansi a Roma, primieramente, due grandi categorie di giorni; i festi ed i profesti. I primi erano consacrati a feste ed a solennità religiose, e in essi offrivansi sacrificii, celebravansi giuochi, sospendevansi almeno durante alcune ore le ordinarie occupazioni: e questi giorni prendevano il nome di feriae. I giorni profesti erano quelli

destinati agli affari privati e pubblici. Tra gli uni e gli altri, eranvi i giorni intercisi, dei quali la metà solamente impiegavasi al culto degli Dei.

I giorni profesti suddividevansi in due classi, i fasti o judiciarii, nei quali era permesso di rendere giustizia nei tribunali; ed i nefasti, nei quali questa permissione era sospesa, come nei tempi di messe o di vendemmia.

Il senso della parola nefasti mutò in appresso, dacch'essa venne applicata ad indicare i giorni dichiarati sventurati e di mal augurio. Le espressioni dies atri, ominosi, religiosi, exempti, giorni neri, giorni tolti, avevano pressochè lo stesso significato.

55. Altre denominazioni di giorni erano adoperate presso i Romani. Ecco le principali nell'ordine loro alfabetico:

Dies agonales, erano i giorni, nei quali il capo dei sacrifici immolava un ariete. – Dies auspicales, quelli in cui cominciavasi, prendendo auspìci, l'esercizio di una magistratura o di una pubblica funzione. – Dies cognitiales, quelli in cui il pretore, assistito da' suoi consiglieri, proclamava una sentenza, un decreto, un editto. Dies comitiales, nei quali il popolo poteva essere convocato nei comizi. – Dies justi e talvolta præliares, in cui, dopo i termini prefissi, era permesso di procedere contro gli accusati, o di eseguire le sentenze pronunciate contro di loro. – Dies lustrici, quelli in cui purificavansi i bambini, e si imponevano loro i nomi. – Dies pandiculares o communicarii, nei quali sacrificavasi a tutti gli Dei insieme. – Dies postulatorii, in cui le petizioni o domande presentavansi ai pretori. – Dies cognitionales, nei quali queste domande non eran permesse. – Dies sessionum comprendevano anche le serie precedenti. – Dies prolusionis, nei quali facevansi i preparativi dei giuochi pubblici. – Dies stati, i termini da osservarsi nei processi contro gli stranieri. – Dies utiles, quelli nei quali potevasi far valere il proprio diritto in giustizia.

56. I mesi dei Romani, apprincipio non erano che dieci; ed erano quelli del nostro calendario, da Marzo, fino a Dicembre solamente Luglio cd Agosto chiamavansi Quintilis e Sextilis, il Quinto ed il Sesto. Marzo, Maggio, Quintile ed Ottobre avevano ciascuno trent'un giorno; ed i sei altri, trenta. Perciò i primi appellavansi pleni; e cavi gli altri. La totalità dei giorni dell'anno era dunque di 304 giorni.

57. Evidentemente l'instituzione di questi mesi, che non erano nè solari nè lunari, era così assurda e così contraria ad una regolare distribuzione dell'anno, che si dovette bentosto pensare a porvi riparo ed a creare una ripartizione più razionale e più conforme alle leggi della natura. Della importante riforma alcuni fanno onore a Numa, altri al primo Tarquinio; il quale, venuto dall'Etruria, dove più progredito assai era l'incivilimento, apportò, tra gli altri, questo beneficio al nuovo suo regno.

Il riformatore, qualunque egli sia, aggiunse cinquant'un giorni agli antichi trecentoquattro, portandone così il totale numero a trecentocinquantacinque, uno di più che nell'antica ripartizione dei mesi lunari greci. Per fare due mesi con questi cinquantun giorni (poichè un solo stato sarebbe manifestamente troppo lungo) fu mestieri risecarne alcuni agli antichi mesi; e si fu ai sei mesi cavi, di trenta giorni, che fecesi sopportare cotesta perdita, onde ottenere il maggior numero possibile di giorni dispari, creduti più cari alle divinità. I quattro lunghi mesi. Marzo, Maggio, Quintile ed Ottobre conservarono ciascuno i loro trentun giorni; tutti gli altri ne ebbero ventinove, ad eccezione di Febbraio, che ne ebbe solo ventotto. Come il più breve, ed il solo formato di un numero pari di giorni, questo mese fu giudicato di tutti il più infelice ed infausto.

58. Progredendo però le cognizioni astronomiche, si avvidero i Romani dei vantaggi che si avrebbero ottenuti facendo corrispondere il corso dei mesi con quello del sole nei segni del Zodiaco; o, in altri termini, mettendo l'anno civile in armonia coll'anno solare. L'anno civile di 355 giorni, infatti, era più breve di dieci giorni e di alcune ore, che l'anno solare.

Per ovviare a tale sconcio, s'immaginò di raddoppiare questo numero di giorni, e di farne un mese intercalare di ventidue giorni che, per una strana bizzarria, ogni due anni introducevasi tra il 23 ed il 24 di febbraio. Questo mese avventizio che, ad ogni biennio, tagliava in due il miserrimo febbraio, fu detto Mercedonius, Merkedonius, o Merkedinus.

Ma, per istabilire l'accordo tra l'anno civile e l'anno astronomico, cotesto piccolo mese non avrebbe dovuto avere che vent'un giorni e talvolta anche solo venti. Essendogliesene dati ventidue e più, ne venne una prolungazione dell'anno civile che, coll'accumularsi dei biennii, creò un nuovo gravissimo disordine; fu conceduto quindi ai pontefici l'arbitrio di accrescere o diminuire, secondochè stimassero opportuno, il povero Mercedonio. Ma i pontefici si servirono di questo potere nel loro proprio tornaconto od in quello dei loro aderenti o a danno dei loro nemici ed avversari. Essi allungavano od abbreviavano Mercedonio a misura che a loro talentava che uno durasse più o meno in una magistratura, a seconda che dovevano riscuotere o pagare somme, ecc.; talchè il rimedio divenne bentosto peggiore del male, a cui con siffatto ripiego si voleva ovviare.

59. Gli abusi, gli errori e gli inconvenienti d'ogni genere che da un tale stato di cose derivavano, giunsero a segno che Giulio Cesare, aiutato dalla scienza di Sosigene, astronomo alessandrino, decise di operare una nuova riforma dei calendario.

Cominciò egli dal portare al novero di quattrocentoquarantacinque i giorni dell'anno 708 di Roma. Oltre al Mercedonio che cadeva in quell'anno, aggiunse due altri mesi intercalari, l'uno di trentatre giorni, e di trentaquattro l'altro, tra novembre e dicembre. L'anno in cui questo cambiamento si fece, fu detto l'anno di confusione: esso è il 46° avanti l'E.V.

Il Calendario Giuliano (che dal nome di Cesare fu così chiamato) divideva l'anno in dodici mesi. Fra questi, sette mesi eran di trent'un giorno, e furono: Marzo, Maggio, Quintile, Ottobre, i quattro mesi maggiori, indi Gennaio, Sestile e Dicembre. Gli altri mesi ne ebbero trenta, meno Febbraio, cui ne furono lasciati vent'otto. Ma, ad ogni quattro anni, questo mese acquistava un giorno epagomeno di più: e siccome, venendo questo quadriennio, contavasi due volte il sesto giorno avanti le calende di Marzo (Bis sexto calendas Martii), così bisestili chiamaronsi gli anni di 366 giorni.

Il sistema giuliano, per tal modo combinato, aveva sciolto con molta approssimazione il problema di armonizzare l'anno civile coll'anno solare. La sola differenza consisteva ancora in ciò che l'anno astronomico non eccede di un intero quarto di giorno la somma di trecentosessantacinque giorni, per modo che, dopo avere distribuito nel corso di un secolo ventiquattro anni bisestili, un venticinquesimo è di troppo. L'errore, che, nel calcolo del tempo, apportava il calendario di Giulio Cesare, poco sensibile a tutta prima, divenne assai grave col succedersi dei secoli; ed in qual modo siavisi rimediato imparerete, o giovani, quando studierete la storia moderna.

60. Aggiungeremo qui alcune indicazioni circa i nomi dei mesi del Calendario romano.

Marzo, il primo mese del primitivo anno di Romolo, cominciava all'equinozio di primavera, ed era consacrato a Marte, il Dio della guerra, come ricordano i versi d'Ovidio:

Arbiter armorum, de cujus sanguine natus
Credor; et ut credar pignora certa dabo.
A te principium romano ducimus anno;
Primus de patrio nomine mensis eat.

Aprilis derivò probabilmente dall'aperire, poichè è il tempo in cui la terra apre il suo seno alla vegetazione.

Maggio era dedicato a Maia, madre di Mercurio, ed era inoltre Major mensis consacrato ai vecchi, majores.

Giugno apparteneva alla junior ætas; o forse desumeva il nome da Giunone.

I nomi degli altri sei mesi non esprimevano che l'ordine loro: Quintilis, Sextilis, September, October, November, December.

Dei due mesi aggiunti da Numa o da Tarquinio, l'uno prese il nome da Giano (Januarius); e l'altro dai sacrificî espiatori (Februalia), coi quali i Romani purificavansi delle colpe commesse negli altri mesi, poichè sembra che allora Febbraio finisse l'anno, e Ovidio dice:

Qui sequitur Janum veteris fuit ultimus anni.

Dopo la riforma giuliana, Marco-Antonio, allora console, dichiarò che, a perpetuarne il ricordo, il quinto mese, Quintilis, divenuto il settimo dacchè Gennaio e Febbraio furono ridotti i due primi, porterebbe quindi innanzi il nome di Julius, che noi diciamo Luglio.

Nell'anno 730 di Roma poi fu emanato un decreto, col quale dichiaravasi che nel mese di Sextilis Augusto cominciò il suo primo consolato, ottenuto tre volte gli onori del trionfo, soggiogato l'Egitto e finita la guerra civile, e che, per conseguenza, cotal mese muterebbe il nome in quello di Augustus.

E così la nomenclatura dei dodici mesi fu definitivamente costituita; e (nonostanti i tentativi fatti a più riprese per cambiarla) essa si è conservata fino a noi.

61. I Romani non conobbero la settimana, e la loro divisione del mese in aggregati minori di giorni differiva assai dalla nostra.

Ogni mese era ripartito in tre sezioni ineguali e variabili: la prima cominciava col giorno delle Calende, e comprendeva altri cinque od altri tre giorni successivi, secondo i casi come or ora vedremo, giorni che chiamavano VI°, V°, IV°, III° prima delle None e vigilia delle None. Nella seconda sezione che andava ora dal 5 al 12 inclusivamente, ora dal 7 al 14 inclusivamente, trovavansi il giorno detto delle None, e sette giorni avanti gli Idi. Cominciava la terza sezione talvolta il 13 del mese, tal altra il 15, e componevasi del giorno degli Idi e di quindici o di diciotto giorni avanti le Calende del mese susseguente.

In Marzo, Maggio, Luglio e Ottobre, le None erano il giorno 7 del mese, e gli Idi il giorno 15: negli altri mesi, le prime cadevano il 6 e gli Idi il 13. Il solo giorno delle calende era invariabilmente il 1° d'ogni mese.

La prima sezione del mese adunque era di quattro o di sei giorni: la seconda sempre di otto, ma cominciava e finiva a differenti epoche; e la terza constava di sedici o di diciannove giorni.

Eccettuati i tre giorni di calende, di none e di idi, tutti gli altri giorni del mese assumevano nomi complessi giusta l'ordine retrogrado che occupavano avanti di ciascuno di quei tre termini iniziali: l'ultimo di questi ordini chiamavasi vigilia, e l'antipenultimo dicevasi terzo giorno avanti gli idi, le none e le calende: le altre espressioni, quarto, quinto ecc. avanti le calende, le none, o gli idi, erano sempre effettivamente false, cioè superiori di una unità al numero ordinale retrogrado ch'esse dovevano indicare. Il giorno 17 dicembre, per esempio, che realmente non è che il quindicesimo avanti le calende di Gennaio, si designava per 16.

È difficile, invero, ideare una più strana, più complicata e più scura ripartizione del mese.

62. Di nove in nove giorni avea luogo in Roma un pubblico mercato, in questo senso che, se il primo mercato erasi tenuto il primo giorno del mese, il secondo aprivasi il nono giorno, ed il terzo al decimosettimo: talchè, fra i due mercati, non contavansi che sette giorni. Il periodo così formato componeva una Nundina o Novendina.

Lettere Nundinali, dicevansi le otto prime lettere dell'alfabeto A, B, C, D, E, F, G, H, le quali erano disposte in colonne nel calendario, e ripetute periodicamente da capo a fondo dell'anno: l'una di queste lettere designava, per ogni anno, i giorni di mercato. Quando era la lettera A, il giorno nundinale era il 1, il 9, il 17 ed il 26 di febbraio, e via discorrendo; e l'anno appresso la lettera D serviva all'uso medesimo.

63. Se il primitivo calendario romano portava, come vedesi, l'impronta dell'ignoranza e della barbarie e se, anche quando fu riformato, non si spogliò mai interamente della confusione e dell'arbitrio che avevano presieduto alla sua formazione, il sistema metrico, invece, il complesso delle misure ci presenta in modo mirabile quei caratteri d'ordine, di regolarità e d'armonia, che rendettero il popolo romano dominatore e legislatore del mondo. Egli è che qui non si richiedevano profonde ed esatte cognizioni scientifiche e bastava aver il senso dei bisogni della vita civile, per comprendere che un buon regime di pesi e di misure è una delle prime e più essenziali condizioni a cui è sottoposta la prosperità di una numerosa associazione.

64. L'unità delle lunghezze era il piede, che dividevasi in 4 palmi, ed il palmo in 4 dita. Il palmo di cui facciamo qui parola è il palmus minor, essendovi un'altra specie di palmo, palmus major, che valeva 12 dita, o tre palmi minori.

I multipli del piede romano erano:

1° Il passo, passus major, di 5 piedi; eravi inoltre il passus minor, o gressus, di 2 piedi ½;

2° La decempeda, di 10 piedi, misura simile alla nostra auna, e che Augusto poneva, in luogo di lancia, nella mano dei soldati ai quali voleva infliggere un umiliante castigo;

3° L'actus, di 120 piedi;

4° Il miglio, o milliarium, di 1000 passi o 5000 piedi.

Può aggiungersi, come misura specialmente usata nelle costruzioni, il cubitus, di 1 piede ½.

65. L'unità agraria era il jugerum, che suddividevasi in 2 actus quadratus. L'actus quadratus era un quadrato di 120 piedi romani di lato, e ripartivasi a sua volta in 4 clima; il clima comprendeva 36 decempeda quadrata, la quale formava 100 piedi quadrati.

I multipli del jugero erano:

1° L'Hæredium, che valeva due jugeri;

2° La Centuria, di 100 eredii;

3° Il Saltus, di 4 centurie disposte in quadrato.

Distinguevansi tre sorta di actus: l'actus minimus, di 120 piedi di lunghezza e 4 di larghezza; l'actus quadratus, summenzionato; e l'actus duplicatus, lungo 240 piedi e largo 420.

66. L'unità di capacità era l'amphora, o quadrantal: dividevasi in 2 urne ed in 3 moggi (modius); sicchè l'urna valeva 1 moggio ½. L'urna suddividevasi in 4 congii; il congius, in 6 sestarii; il sextarius in 2 emine; l'hemina, in 2 quartarii o 4 acetaboli (acetabulum), o 6 bicchieri (cyathus), o 24 ligule.

Il Culeus valeva 20 anfore.

Quando si voleva esprimere un'anfora perfettamente esatta, dicevasi Anfora Capitolina; perocchè i tipi di tutte le unità di misura erano depositati nel Campidoglio.

La capacità dell'anfora era quella d'un piede cubo, come indica l'altro suo nome quadrantal.

67. L'unità di peso era l'as o la libra, che dividevasi in 12 oncie; ogni oncia spartivasi a sua volta in 24 scrupoli; talchè la libbra conteneva 288 scrupoli.

Ecco i multipli e le suddivisioni della libbra, col loro valore corrispondente

	Quadrussis	8
ONCIE	4	Quadrans, o Teruncius
	Semuncia	3
LIBBRE	½	Nonussis
Scrupulum	Quincussis	9
1/24	5	Triens
As o Libra	Uncia	4
1	1	Decussis
Sextula	Sextussis	10
1/6	6	Quincunx
Dupondius	Sescuncia	5
2	1 ½	Vigessis
Sicilicus	Septussis	20
¼	7	Semissis, o Sembella
Tressis	Sextans	6
3	2	Trigessis
Duella;	Octussis	30
		Septunx

7	9	11
Bes	Dextans	As o libra
8	10	12
		Centussis
		100
Dodrans	Deunx	

A proposito di questi nomi, non devesi omettere una importante osservazione: che cioè i Romani li adopravano in due diversi sensi

1° Nel loro significato proprio, per esprimere cioè i pesi;

2° Per estensione d'idee, ad esprimere una frazione, o (più raramente) un multiplo di un totale qualunque. Così, per esempio, volendo significare che un cittadino aveva ereditato da un altro 1/12 della sua fortuna, dicevasi hæres ex uncia; di un altro, che avesse ereditato i 3/4, dicevasi hæres ex dodrante.

68. Abbiamo già veduto di sopra il rapporto che esisteva tra l'unità di capacità e quella di lunghezza. La stessa osservazione può farsi di presente circa al rapporto esistente fra l'unità di peso e quella di capacità. L'anfora doveva contenere 80 libbre di vino.

È questo uno dei più notabili caratteri del sistema metrico romano, e che dimostra la sua sapiente regolarità. In un buon regime di misure, è sommamente importante che esista e si mantenga fra le varie unità una relazione tale che, data l'unità fondamentale di lunghezza, possa con essa ricostrursi tutto il rimanente sistema. Su questo principio venne, come è noto, ordinato il moderno sistema decimale; e, per quanto i Romani avessero errato prendendo come tipo del peso specifico il vino, la cui densità è variabile, pure dagli addotti esempi si scorge che l'accennato principio non fu ignoto agli autori del sistema metrico di Roma.

69. La prisca moneta romana era di bronzo, molto pesante ed incomoda. L'unità pecuniaria era l'as di bronzo di una libbra, d'onde le espressioni æs grave, emere per æs et libram.

Servio Tullio o, secondo altri, Numa fu il primo che coniò un'effigie sull'asse libbrale. Si disputa fra gli eruditi se Servio Tullio sia pure stato il primo a battere moneta d'argento. Ciò che è sicuro si è che, nell'anno 485 di Roma, coniavansi denari d'argento del valsente di 10 assi libbrali di bronzo, e del peso di 1/40 di libbra.

Il denaro ripartivasi in 2 quinarii, ed il quinario in 2 sesterzii. La libella equivaleva ad 1/10 di denaro; la sembella, ad 1/20: ed il teruncius ad 1/40 del denaro. Queste piccole monete d'argento valevano rispettivamente, all'origine, 1 libbra, ½ libbra, ¼ di libbra o 3 oncie di rame.

Il sesterzio onde abbiamo qui parlato, non confondasi con un più grande sesterzio, moneta fittizia o (come dicono in banca) moneta di conto, di 4,000 piccoli sesterzi. Il primo esprimevasi col maschile sextertius; ed il secondo, col neutro sextertium. Spesso però negli autori e nei monumenti, sextertium solo, genitivo contratto di sextertia (per sextertiorum), significa 100,000 sesterzi; ed allora il numero delle centinaia di mila è determinato dagli avverbi semel, bis, ter, quinquies, decies, centies ecc.; cosichè bis—

sextertium equivale a 200,000 sesterzii. Il sextertius trovasi sovente espresso nei classici anche con due sigle differenti. cioè IIS e HS, espressioni abbreviate di 2 assi e ½.

Plinio riferisce che, nell'anno 547 di Roma, si coniò moneta doro, in ragione di 1 scrupolo per 20 sesterzi; e che più tardi, si trassero 40 denari o aurei dalla libbra d'oro; sicchè la nobile moneta fu dapprima ragguagliata allo scrupolo e poscia alla libbra, di cui l'aureus era la quarantesima parte. Ma, da Augusto in poi, il suo peso andò diminuendo, fino a non essere più che 1/45 della libbra. Tito Livio, che scriveva poco dopo la creazione dell'aureus, attribuisce ad 1 libbra d'oro, ossia a 400 aurei, il valore di 4,000 sesterzi, cioè a 1,000 denari. L'aureus valeva dunque 25 denari. Per lo che tra l'unità argentea e l'aurea romana, vi era circa lo stesso rapporto che è oggi tra la nostra lira e la lira sterlina inglese.

Le zecche romane o non adoperavano punto, o usavano pochissima lega nelle loro monete, il cui titolo perciò era altissimo. Si è trovato che la più parte delle loro monete d'oro contengono almeno 23/24 di fino metallo.

70. Nelle tavole seguenti, offriamo la conversione delle varie misure romane in nostre misure odierne:

Tavola A
Conversione delle lunghezze romane in metri.

Metri	0 741	Miglio (1000 passi majores)
Dito 1/16 del piede	Passo maior	
0 019	5	5000
Palmo minore 1/4 id	1 481	1481 481
0 074	Decempeda o pertica	
Palmo maggiore 3/4 id	10	
0 222	2 963	
Piede	Due pertiche	
0 296	20	
Cubito	5 926	
1 piede ½	Actus	
0 444	120	
Passo minor o gressus	8 889	
2 piede ½		

Tavola B
Conversione delle misure agrarie romane in ettari.

P. quad.	0	
Ettari, are e centiare	3	0
Decempeda quadrata o	16	50
persica di	Actus quadratus	57
100	14,400	Centuria (100 eredii e
2	0	200 jugeri)
0	12	
09	64	50
Actus minimus	Jugerum o actus	56
480	duplicatus	79
0	28,800	Saltus 800 jugeri
0	0	
42	25	202
Clima	28	27
3,600	Due iugeri (hæredium)	16

Tavola C
Conversione delle misure di capacità romane in litri,
col peso corrispondente di grano in chilogrammi.

	0 542	6 503
Litri	0 406	Urna
Peso di frum. in chilog.	Congius	13 006
Quartarius	3 252	9 775
0 135	2 439	Anfora
0 102	Semodius	26 012
Emina	4 335	19 509
0 271	3 252	Culeus
0 203	Modius	520 246
Sextarius	8 671	390 184

Tavola D
Conversione dei pesi romani inferiori alla libra in grammi.

	6 799	Sescuncia
Grammi	Duella	40 792
Scrupulum	9 065	Sextans
1 133	Semuncia	54 390
Sextula	13 597	Quadrans o Teruncius
4 532	Uncia	81 584
Sicilicus	27 195	Triens

108 779	190 363	271 948
Quincunx	Bes	Deunx
135 974	217 558	299 142
Semissis o sembella	Dodrans	As o libra
163 169	244 753	326 337
Septunx	Dextans	

Tavola E

Conversione delle libre romane in chilogrammi.

Chilogrammi.	1 305	2 611
As, libra o pondo	Quincussis	Nonussis
0 326	1 632	2 937
Dupondius	Sexcussis	Decussis
0 653	1 958	3 263
Tressis	Septussis	Centussis
0 979	2 284	32 634
Quadrussis	Octussis	

74. Prima di offrire nella tavola seguente la conversione delle monete romane in monete nostre, è necessario premettere una importante osservazione.

Per fare la riduzione delle unità di misura o di peso antiche in unità di misura o di peso moderne, non occorre che paragonare fra loro quantità di loro natura invariabili.

Per eseguire, del pari, la riduzione di un dato peso d'argento o d'oro monetato in altre monete di egual metallo, basta un semplice paragone fra i due pesi.

Ma se si volesse ridurre non più il peso delle antiche in peso di odierne monete, bensì il loro rispettivo valore, l'operazione si complicherebbe di un gran numero di dati, ed in molti casi diventerebbe affatto impossibile.

È dato, in altri termini, assegnare perfettamente la quantità d'oro o d'argento contenuta nella maggior parte delle antiche monete, e partendo da questa base il dire a quante lire o a quante frazioni di lira quei dischi metallici corrispondano. Ma non così lo stabilire il rapporto esistente tra la potenza di scambio che le quantità di metallo coniato nelle due epoche rappresentano. Sono queste verità che meglio imparerete, o giovani, nel processo de' vostri studi, massime se non tralascierete di meditare un giorno gl'insegnamenti di una scienza che gli antichi non possedevano, e che fece i più mirabili progressi appo i moderni, della scienza economica. Per ora la sola cosa che posso dirvi si è che l'oro e l'argento avevano, presso i Romani non che in tutta l'antichità, una potenza di scambio maggiore di quella che hanno fra noi; o, in altre parole, che quel peso dì metallo che oggidì può comprare certe cose sul mercato, comprava allora un numero maggiore di cose.

Ciò posto, eccovi i principali rapporti monetari che vi è utile conoscere

Tavola F

Conversione delle monete romane in lire ed in centesimi.

	L.	C.
Danaro d'argento (tipo dell'anno 485 di Roma)	1	63
Id. (» 510 »)	0	87
Id. (» 513 »)	0	78
Scrupolo d'oro (dall'anno 547 all'anno 707)	3	88
Aureus sotto Cesare	27	95
» » Augusto	26	89
» » Tiberio	26	56
» » Claudio	26	35
» » Nerone	25	42
» Da Galba agli Antonini	24	93
Soldo d'oro di Costantino	15	53
» Sotto i successori di Costantino	15	10

72. Pressochè innumerevoli furono le divinità adorate dai Romani: alle molte che primitivamente avevano andarono poi sempre aggiungendo quelle dei popoli vinti; – talchè può dirsi che, a misura che si estendeva l'impero, ampliavasi anche l'Olimpo.

Parlando solo delle principali, diremo che gli Dei distribuivansi in Dei majorum gentium, e minorum gentium. I primi erano dodici Consentes, così detti dall'antico verbo Conso per Consulo, ed otto Selecti. I Dei minorum gentium chiamavansi Semoni, Indigeti e Semidei, aggiuntevi eziandio le Divinità agresti, marine, fluviatili, ecc.

73. Gli Dei maggiori Consenti erano:

1° Giove, il padre dei numi, che godeva un gran numero di cognomi e soprannomi, indicanti i suoi diversi attributi: Feretrius da ferendo, perchè gli si portavano le spoglie opime; Stator da sistendo, perchè fermò i Sabini vincitori ed i fuggenti Romani; Elicius, da elicere, perchè con certe invocazioni e preghiere poteva evocarsi dal cielo; Capitolinus, dal tempio che aveva in Campidoglio; Tarpeius, dalla rupe sulla quale quel tempio sorgeva; Latialis, dal culto che tutti i popoli Latini gli prestavano; Diespiter, o padre del giorno (dieipater); Lucetius, per la stessa ragione; Lapis, dalla pietra silice che i giuranti all'ara sua tener dovevano in mano; Hospitalis, perchè presiedeva agli ospizi ed all'ospitalità; ecc. ecc.

2° Giunone, così detta da Juvare, compagna e consorte di Giove. Ella presiedeva ai regni, alle ricchezze, ai matrimonii. Le spettavano i titoli di Pronuba, perchè sopraintendeva ai connubii; di Cinxia, dal cingolo o cintura delle spose; di Lucina, perchè dava la luce ai nascenti; ecc. ecc. Iride era di Giunone la ministra e l'ancella.

3° Vesta. Due furono le Veste: la Major, moglie del Cielo e madre di Saturno; e la Minor, figlia di quest'ultimo. Ma ambe spesso si confondono in una. Antichissimo le fu tributato il culto del fuoco, mantenuto perpetuamente dalle Vestali.

4° Minerva, che tale aveva nome qual Dea della Sapienza; e Pallade, se presiedeva alla Forza ed alla Guerra. Sotto di lei stavano le nove muse Calliope, Clio, Erato, Talia, Melpomene, Tersicore, Euterpe, Polinnia, Urania.

5° Cerere, così detta dal verbo Creo, perchè Creatrice delle biade, avendo prima insegnato agli uomini l'agricoltura; d'onde spesso alma (ab alendo) si dice. Trittolemo fu il suo primo scolaro, fatto da lei apostolo e maestro ai coloni. Legifera anco fu nomata, perchè fu agli uomini prima legislatrice.

6° Diana, figlia di Giove e di Latona. Presedeva alla caccia, alle selve, ai monti. Noctiluca fu detta, perchè in lei si rappresentava la Luna.

7° Venere, Dea dell'amore. Innumerevoli ebbe templi e soprannomi. Le tre Grazie le facevano corteo.

8° Marte, Dio della guerra, padre di Romolo, marito a Bellona.

9° Mercurio, che al commercio imperava, ed era Nuncio e Ministro degli altri Dei.

10. Nettuno, Dio del mare, armato di tridente, seguito e circondato dai Tritoni.

11. Vulcano, del fuoco e delle arti fabbrili il signore, i cui ministri erano i Ciclopi, monocoli.

12. Apollo, Dio della luce e della poesia. Sole o Febo fu pur nominato: maestro della medicina, della botanica, dell'arte sagittaria, della divinatoria. Suo figlio Esculapio ebbe da lui in retaggio la medica facoltà.

74. Gli dei Selecti furono:

1° Giano, Dio dell'anno, con due volti (epperò detto bifronte), coll'uno de' quali guarda il passato, e coll'altro il futuro.

2° Saturno, Dio del tempo in generale.

3° Rea, moglie del precedente, detta Magna mater, perchè rappresentava la terra, madre d'ogni cosa: e Cibele, dal cubo che di tutti i corpi geometrici è il più stabile.

4° Genio, del verbo geno o gigno, perchè generatore di tutte cose. Talvolta distinguevansi due specie di Genii, il buono ed il cattivo, corrispondenti all'Oromaze ed all'Arimanio dei Persiani. Dii Manes chiamavansi i due genî effigiati sui sepolcri. – I Penati ed i Lari erano affini ai genii, e presiedevano alle domestiche pareti e faccende.

5° Plutone, Dio degli inferni; Orco ancora fu detto (ab urgendo, quia omnes ad mortem urgit). Presiedeva anche alle ricchezze ed ai preziosi metalli, che stanno nelle latebre della terra. – Proserpina, o Ecate, figlia di Cerere e di Giove, fu da Plutone rapita e fatta sua sposa. Le tre Parche fanno loro corteo, e sono Cloto, Lachesi ed Atropo, le quali governano la durata dell'umana vita. Seguono le tre Furie, o Erinni od Eumenidi, Aletto, Tisifone e Megera, che con orrendi flagelli e rimorsi tormentano la coscienza del colpevole.

6° Bacco, figlio di Giove e di Semele, Dio del vino e della letizia; seguito dalle Ninfe, dai Satiri, e dal suo precettore Sileno, e da Priapo, degli orti e dei confini custode.

7° Il Sole, spesso confuso e talora distinto da Apollo.

8° La Luna, ad or ad ora identica a Vesta o da questa diversa.

75. Dei Minori furono gli Indigeti, i Semoni, le Virtù e le Passioni umane, non che i Numi Peregrini.

Indigeti furono detti, od Eroi, quei grandi uomini e benefattori del genere umano che, pei loro singolari pregi, furono ascritti fra le superne nature. I più celebri, fra i Romani, furono Quirino, Ercole, Castore, Polluce ed Enea.

Il nome di Quirino fu dato a Romolo, poi che salì fra gli Dei, forse dalla voce sabina Curis, che Asta significava, ad indicare il sommo suo valore in guerra e Quiriti furor poi detti i Romani.

Ercole, figlio di Giove e di Alcmena, fu, per odio di Giunone, costretto alle dodici famose fatiche: e rappresenta le insigni opere che compiere dovettero i primi incivilitori del genere umano, per purgare la terra dagli ostacoli che si opponevano a farne la lieta e culta dimora degli uomini.

Castore e Polluce, nati di Giove e di Leda, fratelli di Elena, furono pure di grande venerazione oggetto appo i Romani.

Enea, che la tradizione facea primo apportatore di civiltà dall'Oriente in Italia, ebbe culto anch'esso.

Fra gli Dei Indigeti debbono pure annoverarsi gli Imperatori, ai quali l'adulazione tributò divini onori.

76. Dei Semoni (quasi Semihomines, giacchè nel prisco Lazio hemo per homo si usitava) erano quos nec cœlo adscriberent propter meriti paupertatem, nec terrenos

deputare vellent pro gratiæ veneratione. Stavano insomma in un quid medium tra le nature celesti e le terrene.

Tali erano: Pane, preside de' pastori e delle gregge; Fauno, dio delle selve; Vertumno e Pomona, divinità delle frutta; Pale, degli ovili; Flora, dei giardini: Termine, dei limiti; Angerona, Dea del silenzio; Ippona, dei cavalli; Stercuzio del letame, ecc., ecc.

77. Tutte le virtù più nobili, tutti i vizi più nefandi ebbero in Roma culto ed altari. Un tempio avea la Mente in Campidoglio; l'Onore, uno nel suburbio; la Pietà, la Fede, la Speranza, la Felicità, la Fortuna, la Voluttà, l'Ebrezza, ed infiniti altri affetti dell'animo o concetti del pensiero furono personificati in distinte deità.

78. Dei Peregrini furono chiamati tutti i Numi che i Romani trovarono nelle conquistate provincie, e che in Roma con largo eccletismo accolsero ed onorarono. Tali furono: l'Iside e l'Osiride degli Egizii, gli innumerevoli Dei ed Eroi dell'Asia e della Grecia.

Quando si consideri che tutte queste divinità ebbero feste peculiari, e giorni a loro consacrati, sarà agevole il comprendere quanta fosse la parte che i Romani sprecavano di quel tempo che è, come disse un filosofo moderno, la stoffa di cui si compone la vita.

79. In due grandi classi possono ripartirsi i Sacerdoti e ministri del culto pagano. Comprende la prima quei sacerdoti che, senza essere addetti al servizio di alcuna speciale deità, adempivano in generale alle funzioni ed ai riti religiosi. La seconda contiene quei ch'erano destinati al particolare servizio di una qualche divinità.

80. Nella prima categoria conviene distinguere:

1° I Pontefici. – Istituiti da Numa, e così nomati dal primo Ponte sul Tevere, affidato loro in custodia, originariamente erano quattro, e dovevano essere patrizii. Ma nell'anno 454 la plebe cominciò ad aggiungerne altri quattro presi dal suo seno. Silla ve ne aggregò altri sette. I primi otto rimasero col nome di Majores; e gli altri sette Minores furono detti. Si elessero nel loro proprio collegio fino alla legge Domizia (a. 649 di Roma); questa decretò che dai Comizi tributi si estraessero a sorte; Silla abrogò, Labieno (a. 690) richiamò in vigore questa legge; sotto gli Imperatori a questa bisogna presiedette l'arbitrio.

Ufficio de' Pontefici era: decidere tutte le questioni relative a cose sacre; fare leggi e regolamenti a ciò necessari ed opportuni; sopravvegliare agli altri ministri del culto; e adempire varie più specifiche incumbenze, come quella relativa al mese Mercedonio, di cui sopra favellammo.

Comechè grandissima fosse la loro autorità, andavan però soggetti al potere censorio. – Ciò che tre Pontefici decretato avessero, era tosto per cosa santa reputato.

Presiedeva il collegio dei Pontefici il Pontifex Maximus, eletto dal collegio stesso, fra patrizi in prima. Ma nell'anno 500 di Roma Tito Coruncanio fu, benchè plebeo, chiamato alla grande dignità, dalla quale non furono poi più esclusi quelli dell'ordine suo. Da Augusto in poi se la arrogarono gli Imperatori.

81. 2° Gli Auguri. – Romolo tre ne instituì; un altro re (forse Servio Tullio) ne aggiunse un quarto: tutti patrizi. Ma cinque plebei vi furono aggiunti nell'anno 454 di Roma: e da Silla il numero totale fu portato a quindici, presieduti dal Magister Collegii. Erano a vita.

Predire il futuro, interpretare il canto, il volo degli augelli era il precipuo loro incarico. Il popolo li venerava; i dotti li tenevano per ciarlatani, e Cicerone argutamente si maravigliava come due Auguri guardare scambievolmente si potessero senza ridere.

82. 3° Gli Aruspici, così detti a victimis in ara inspiciendis. – Tre ne elesse Romolo, ma anche il loro Collegio, come i precedenti, s'accrebbe in progresso. Eran tenuti in minore onoranza degli Auguri; avevano per ufficio di preconizzare le cose avvenire dal modo col quale le vittime sull'ara perivano, dal fumo, dalla fiamma, ecc.

83. 4° I Quindicemviri. – A due illustri personaggi i Tarquini avevano affidata la custodia dei Libri Sibillini, che dall'Etruria erano stati portati in Roma, a spiegazione de' portenti. Poscia il numero di questi sacerdoti fu eretto a quindici, d'onde il nome loro.

84. 5° Gli Arvali; i Curioni; i Septemviri Epulonum; i Feciali; i Tiziensi; i Regi sacrorum: erano minori sacerdoti ed inservienti del tempio, dei quali lungo troppo sarebbe di qui partitamente discorrere.

85. Fra i sacerdoti addetti al servizio ed al culto dei singoli Dei, noteremo:

1° I Flamini. – Così in genere dicevansi i sacerdoti d'una speciale divinità qualunque. Majores Flamini furono i tre primamente creati da Numa, detti Dialis, Martialis, Quirinalis. Agli altri, successivamente eletti, restò il nome di Minori.

2° I Salii. – Creati da Numa in occasione d'una pestilenza.

3° I Luperci, Sacerdoti di Pane.

4° I Politii e Pinarii, di Ercole.

5° Le Vestali, di Vesta.

6° I Galli, di Marte.

86. Camilli e Camillæ dicevansi i fanciulli e le ragazze che aiutavano i sacerdoti nelle opere minori del culto; Æditui o Editumi, coloro che custodivano le Ædes, o Templi.

Popae e Victimarii, coloro che legavano e portavano le vittime.

Lictores, Scribæ, Pullari, ed altri erano gli infimi servitori del tempio.

87. I luoghi nei quali i sacri riti si celebravano, chiamavansi Templa, Ædes sacræ, Fana, Delubra, Sacella e Luci.

Templum derivò da templare o da tueri, i quali due verbi significano egualmente vedere. Ædes sacræ; sacre magioni, sacre case dicevansi i templi nei quali le religiose cerimonie si eseguivano. Fana eran pur nomate, dacchè il Pontefice, nell'atto di consacrarle, certe parole pronunciava, fatur. Delubrum dicesi un luogo che precede il tempio, nel quale, quasi in vestibolo, sordes deluebant, le immondezze si lavavano. Sacellum è diminutivo di sacro. Luci erano le selve sacre agli Dei, così dette a lucendo, perocchè in esse molti lumi in onore della divinità si accendevano.

I Vasi sacri erano i vari utensili ed arredi che alle religiose cerimonie servivano. Acerra, chiamavasi o foculus, la navetta in cui accendevasi l'incenso. Turibulum era quel vaso in cui l'incenso si conteneva. Arroge il Prœfericulum, il Simpulum o Simpuvium, il Guttum, la Patera, il Malleus, l'Aspergillum, i Capides, il Candelabro, l'Altare, l'Ara, ecc., ecc.

88. Il sacro culto componevasi essenzialmente di preghiere e di sacrificii.

I preganti stavano velato il capo: da quando a quando s'accostavano all'ara o la toccavano, mentre il sacerdote intuonava il cantico, acciocchè non isbagliassero l'ordine delle orazioni. I più caldi e zelanti affiggevano alle ginocchia delle statue piccole schede nelle quali avevano scritti i loro voti e desiderii: ed, in segno di fervore, ungevano con aromi questi simulacri degli Dei, e poscia con viva acqua li lavavano.

89. Primo precetto dalle Leggi delle Dodici Tavole inditto a chi a sacrificare s'accostasse, era di presentarsi all'opra santa con casto animo. Ei doveva inoltre lavarsi, massime le mani, in vasi che, se grandi, favissæ: se piccoli, futilia si chiamavano. Vesti pure e candide portar doveva; e il capo incoronato di fiori votivi.

Tra gli animali immolati, altri eran detti Hostia, altri Victimæ. I primi da chiunque potevano essere sacrificati, i secondi, propriamente, solo da chi avea vinto in guerra e trionfante rediva, come il vocabolo stesso accenna.

Gli animali sacrificandi esser dovevano di corpo integro e bello; nè tutti a qualunque Dio, ma ad ogni divinità quelli che più le si supponevano accetti, si dedicavano. Ornavansi di corone di fiori nell'atto che si traevano all'ara.

Nel fare il sacrificio, il Sacerdote cominciava dall'imporre il silenzio colla consacrata parola: Hoc age; e favete linguis. Quindi aspergevasi la vittima di sale ed unguenti. Poscia il Sacerdote libava un qualche sorso di vino, e ne porgeva anche a gustare agli astanti. Svelleva poi dalla fronte della bestia alcuni peli, che, gettati sull'ara, dicevansi libamina prima. Accendevasi quindi il fuoco sull'ara; bruciavasi incenso; i vittimarii con lunghe e lente corde (acciocchè non paresse forzata, il che avevasi per malo augurio) conducevano la vittima; la quale veniva quindi ferita con la scure e col coltello, e il sangue era nelle patere raccolto. Posta quindi sull'altare la vittima, tagliavasi, talora intera abbruciavasi. Ma il più delle volte i sacrificanti ne conservavano la maggior porzione, che con gli amici mangiavano.

Compiuto il sacrificio, lavate le mani, dimettevasi e licenziavasi il pubblico, con le parole Licet o Extemplo.

90. Distinguevansi, dapprima, i sacrifizî, a seconda ch'erano fatti agli Dei superni od agli inferni: quegli più lieti, questi più mesti e solenni. Altri erano Espiatorii, altri Februalii o Lustratorii, altri Pubblici e con intervento del popolo, altri domestici e privati, ecc.

UFFICI VERSO I MORIBONDI E I DEFUNTI – ESEQUIE – IL ROGO – LE
COMMEMORAZIONI MORTUARIE.

91. Somma era negli antichi la religione della morte e del sepolcro. – Essi tenevano per fermo che le anime degli insepolti non erano ammesse nelle quiete sedi d'oltrevita, e che nel compianto de' templi acherontei e sulle rive dello Stige errar dovevano lugenti.

Indi è che quando taluno giaceva moribondo, i prossimi parenti e gli amici lo assistevano, gli chiudevano gli occhi, per aprirglieli poscia di nuovo all'atto di porne il cadavere sul rogo. Indi tre o quattro volte il morto ad alta voce chiamavano; lo deponevano poscia a terra; lo lavavano con tiepida acqua. Un funzionario speciale, detto il Pollinctor, ungeva il cadavere di olii aromatici, lo vestiva della più bella sua toga: gli riponeva in bocca un quadrante destinato a pagare la barca di Caronte, indi in apposito letto lo componeva. Se la famiglia del defunto era spettabile e ricca, dinnanzi alla casa temporaneamente alzava, in segno di mestizia e di lutto, un albero di cipresso.

92. Venuto il giorno delle esequie (che, per lo più, era l'ottavo dopo la morte), un usciere convocava ad alta voce il popolo al funerale. I parenti o, se trattavasi di illustre personaggio, i magistrati ed altre spettabili persone portavano la lettiga, di preziosi ornamenti fregiata, sulla quale giaceva il morto. Un designator regolava il corteo e l'ordine della funebre pompa: altri intuonavano una monotona cantilena, o Nœnia, annoverando i pregi che ornavano il trapassato. Uno stuolo di Præficæ (donne mercenarie a ciò adoperate) precedevano la comitiva, versando compre lacrime, e pronunciando ad ora ad ora sentenze, d'ordinario desunte da classico autore, accomodate all'atto grave e solenne che si compieva. Seguivano littori e servi, portanti le insegne di onore che al defunto avevano appartenuto, come spoglie dei vinti nemici, ornamenti trionfali, e simili; altri su lunghe pertiche recavano i ritratti e le Imagini degli antenati, e faci. Gli schiavi che il defunto avesse per testamento manomessi; quindi i prossimi parenti, i figli col capo velato, le figlie col nudo crine, gli amici, e tutti con abito dimesso ed a lento passo si avanzavano.

Se illustre era il defunto, portavasi in prima nel foro, dove il figlio, o altro parente od amico pronunciava dalla tribuna un elogio del cittadino di cui piangevasi la perdita.

Dopo ciò procedevasi al luogo del sepolcro o del rogo; che, per espressa disposizione di legge, era dal tempo delle Dodici Tavole in poi fuori della città, comechè, per privilegio accordato ad insigni personaggi, tuttora si facesse la sepoltura nell'interno di Roma.

93. Nei primitivi tempi di Roma i cadaveri venivano deposti integri nel tumulo; ma, in seguito, s'introdusse la consuetudine di abbruciarli, a meno che si trattasse di infanti morti prima del settimo mese.

Per ardere il cadavere, alzavasi una Pira in forma di ara o torre, con le legne secche e molto combustibili; queste non che il sovrapposto cadavere aspergevansi di preziosi liquori ed unguenti. I più prossimi parenti, ritraendo lo sguardo, appiccavano con faci le fiamme. Mentre queste divoravano la mortale spoglia, umano sangue intorno al rogo spargevasi, col quale si credea placare i mani del defunto. In origine s'immolavano a ciò poveri schiavi o prigionieri; poscia s'introdusse l'uso di adoprarvi gladiatori, i quali, dal nome di Bustus dato all'inceso rogo, dicevasi Bustuarii. Ustrina si chiamava il luogo ove cotal scena avveniva.

Le ossa e le ceneri del trapassato raccoglievano in apposita urna i consanguinei, mischiandovi odori e fiori. Gli astanti d'acqua lustrale tre volte, a purificazione, venivano dal sacerdote cosparsi, ed un ultimo addio davano partendo agli amati avanzi: Æternum Vale: Nos te ordine, quo natura jusserit, cuncti sequemur. Una prefica licenziava tutti finalmente, pronunciando la parola: Ilicet!

L'urna riponevasi nel sepolcro, sul quale inscrivevansi le lettere S. T. T. L., significanti Sit terra tibi levis, col nome del defunto ed altre indicazioni. Talora vi si aggiungevano altri arnesi mortuari, la lucerna, il lacrimatorio ecc.

Tornati a casa coi parenti del morto, gli amici raccoglievansi a funebre convito; e nove giorni dopo, celebravasi una sacra funzione detta Novendinalia.

CONCLUSIONE.

94. Voi avete, o giovinetti, nelle precedenti pagine veduto i principali riti, le costumanze, le instituzioni che presiedevano alla privata vita del più grande ed illustre popolo della terra.

Oltre al diretto profitto e piacere che, ne son certo, avete provato riportandovi con la mente a quell'epoca così remota dalla nostra e penetrando nella domestica esistenza di quella nazione che lasciò di sè traccie così gloriose ed indelebili, sappiate che le nozioni che avete fino a qui raccolto vi gioveranno sommamente nell'intelligenza e nell'interpretazione di quei latini scrittori, nelle cui pagine immortali i vostri maestri vi insegnano ad erudirvi nell'antica sapienza.

Un altro volumetto, che nel venturo anno scolastico avrete nelle mani, farà, per la vita pubblica e per gli ordini politici dei Romani, l'opera istessa che il presente libretto ha compita per la vita privata del popolo Re.